「SHERLOCK HOLMES」
③ 第一滴血

Sherlock
Holmes

SHERLOCK HOLMES

大偵探福爾摩斯

M博士外傳

SHERLOCK HOLMES

③第一滴血

第1&2集回顧

　　年輕船長**唐泰斯**被誣告入獄，逃獄後要找仇人報仇。他化身成神甫，找到已改行經營小旅館的醉酒鬼鄰居、綽號**裁縫鼠**的卡德，確認陷害自己的是同僚**唐格拉爾**和妻子的表哥**費爾南**。裁縫鼠雖非元兇，但他的**見死不救**與幫兇無異。扮成神甫的唐泰斯為了向他報復，訛稱按唐泰斯的遺願把五顆**鑽石**相贈。

翌日，裁縫鼠按指示買了船票，準備當晚乘船去阿姆斯特丹的鑽石市場出售套現時，一個叫**布羅斯基**的鑽石商人卻闖了進來。裁縫鼠**見獵心喜**，豈料對方也**心懷不軌**，亮出匕首與他打起來。約半小時後，布羅斯基俯伏在附近的路軌上被火車輾過！這時，喬裝成蘇格蘭場法醫**桑代克**的唐泰斯假扮乘客現身，覷覦機

會看看裁縫鼠是否已經遇害，但沒料到死的竟是經他唆擺而去打劫的布羅斯基！唐泰斯雖然知道兇手是裁縫鼠，但他不動聲色，以法醫桑代克的身份協助警方搜證，一步一步引領胖子探長和兩個鐵路員去到兇案現場的小旅館，並在附近的草叢中找到一枝用作築柵欄的鐵枝……

行兇的路徑

「不過，這是柵欄的**鐵枝**，兇手為何用它來攻擊布羅斯基呢？」說着，桑代克走到小酒吧後的廚房去搜查。胖探長三人**不敢怠慢**，馬上也跟了進去。

「嘿嘿嘿，你們看。」桑代克好像發現了甚麼，指着牆角和地上的兩小塊**鏽跡**說，「答案在這裏呢！」

「甚麼意思？」探長問。

「**鏽跡**是這根鐵枝留下的**印記**呀。」桑代克說着，對準兩塊鏽跡把鐵枝靠到牆角去，它的兩端竟**不偏不倚**

地剛好落在鏽跡上。

「啊！」站長和老乘務員不禁驚叫起來。

「**好厲害！**果然是蘇格蘭場的專家！」探長也佩服得**五體投地**。

「鏽跡證明鐵枝本來是放在這個**牆角**的，兇手撿起它，走到酒吧去襲擊布羅斯基，所以在酒吧的**天花板**上留下了**刮痕**。」桑代克分析道，「而且，從這個襲擊路徑——**廚房→酒吧**——看來，兇手是撿起了鐵枝去到酒吧後，才與布羅斯基發生爭執的。否則，打鬥的痕跡應該留在廚

房，而非酒吧的**天花板**上。」

「我明白了！兇手看穿了布羅斯基的身份，就**先下手為強**，把他殺了！」探長亢奮地說。

「對，剛才找到兩個**酒杯的碎片**，已證明有兩個人曾坐在一起喝酒。不用說，一個是布羅斯基，一個就是兇手。」桑代克說，「但兇手後來發現布羅斯基**不懷好意**後，就借故走到廚房去，撿起**鐵枝**向他襲擊。」

行兇的路徑

「說得好，我也是這麼想的！」探長得意地說。

「但叫人感到奇怪的是，布羅斯基是個**經驗豐富的歹徒**，他怎會這麼輕易被殺呢？」

「唔……」探長托着腮子，**裝模作樣**地沉思。

⑨

「我們再看看剛才找到的證物吧。」桑代克說完，又回到酒吧的小圓桌旁，仔細地檢視那些在垃圾箱找到的東西。

不一刻，他的嘴角泛起一絲微笑，道：「嘿嘿嘿，剛才只顧看玻璃杯的碎片，竟沒注意這個酒瓶上的鞋印，我實在太大意了。」

「鞋印？」站長和老乘務員都有點驚訝。

「沒錯，你們看，瓶身上有半個鞋印。」桑代克指着瓶子的中間說。

探長三人湊過去看，果然，瓶子上有個鞋印若隱若現。

「看！上面還沾着一點煙灰呢。」桑代克

說。

「啊……我知道了！」胖探長興奮得兩頰漲紅，「這鞋印一定是布羅斯基的！他**踩過香煙**，鞋底上沾了煙灰，當再踩上酒瓶時，就把**煙灰**也踩上去了！肯定是這樣！」

「布朗探長太厲害了，我還未想到，已給你全說出來了。」桑代克**假意誇獎**。

「哈哈哈！過獎啦！過獎啦！」胖探長樂呵呵地笑道。

「看來，經驗老到的布羅斯基就敗在這個**酒瓶**上。」桑代克說，「他一定是踩到酒瓶後**摔倒**

了，兇手趁機再襲擊他，最後把他殺了。」

「這個嘛……」探長**自作聰明**地說，「他摔倒可能只是昏了呀。嘿，應該是兇手在他昏迷期間，把他扛到路軌讓他被火車**輾斃**才對。」

「不能抹殺這個可能性，但倘若我是兇手的話，應該會擔心他中途醒來啊。所以，為了保證他不會醒來，兇手必定會──」

「**先把他殺死！**」站長緊張地搶道。

「對、對、對，會先把他殺死。」老乘務員也附和。

「**豈有此理！殺、殺、殺！**滿腦子都是血腥！警察查案，輪到你們

插嘴嗎？」胖探長罵道，「況且，並沒有證據顯示他是在這裏被殺的啊。」

「探長先生的質疑很有道理，我的推理純粹只是猜測而已——」桑代克說到這裏突然止住，眼睜睜地盯着小圓桌的桌布。

「怎麼了？」探長問。

桑代克沒有回答，他慌忙從手提包中取出一個信封，再用鑷子夾出那條在布羅斯基的牙縫中找到的纖維，小心翼翼地放到桌布上去。

「啊！」探長驚呼，「纖維的顏色和桌布的一模一樣！」

桑代克掏出放大鏡，聚精會神地檢視了桌布

一會後，緩緩地低吟：「唔……死者牙縫的那條纖維，看來……是來自這塊桌布的。」

「這……這是甚麼意思？」站長戰戰兢兢地問。

「這個嘛……」桑代克望向探長，等待着他的回答。

「我……我知道了！」胖探長硬着頭皮瞎猜，「布羅斯基他……他曾咬過這塊桌布！」

「可是，他為甚麼要咬這塊桌布呢？」老乘務員不識趣地問。

「這……」胖探長想不到怎樣回答，慌忙掉過頭去向桑代克說，「你先說吧，這是你發現的，我不該搶去你的功勞，留給你回答吧。」

「探長先生說得沒錯，布羅斯基曾咬過這塊桌布，否則纖維不可能留在他的牙縫中。我認

為──」桑代克眼底閃過一下寒光，「**這塊桌布就是凶器**，布羅斯基是被這塊布捂住嘴巴和鼻孔窒息而死的！」

「啊……」站長和老乘務員都**驚惶失色**。

「哇哈哈！桑代克先生和我的看法一樣呢！」探長**臉不紅耳不赤**地嚷道。

桑代克嘴角泛起一絲微笑，向探長說：「謝謝你把這個彩頭讓給我，如果你不介意的話，可以讓我把整個**案發經過**重組一遍嗎？」

「你太過客氣了。我又怎會介意，**請説、請説！**」

桑代克從手提包中，又掏出一個信封，然後用鑷子夾出剛才在柵欄外找到的那根火柴，說：「案發經過應該從這根燒過的火柴說起……」

裁縫鼠的末路

Track ① 布羅斯基來到這個位置偏僻的旅館，意圖行劫。他在柵欄前用**火柴**點着了一根用**鋸齒牌** **捲煙紙**捲的香煙，然後把火柴丟到地上。

Track ② 接着，兇手見到他（可能是他喊話叫兇手出來），並請布羅斯基入內。

Track ③ 布羅斯基步進院子後，把吸了幾口的香煙丟到地上，並把香煙**踩熄**了。

Track ④ 兇手招呼他到小

酒吧的圓桌旁坐下，並倒了兩杯**威**
士忌，一杯給自己，一杯給布羅
斯基。然後，又從餅乾罐拿了幾塊
燕麥餅放到一個碟子上給布羅斯基吃。

Track ⑤ 兇手借故走到廚房去，拿
起靠在牆角的**鐵枝**，再回到酒吧襲
擊布羅斯基，並刮花了**天花板**。

Track ⑥ 搏鬥過程中，布羅斯基的面頰被鐵
枝**割傷**了，在閃避攻擊時更
撞翻了小圓桌，令桌上的一
個**酒瓶**、兩個**酒杯**和一隻
碟子掉到地上，而後兩者都
摔碎了。

Track ⑦ 布羅斯基踩到地上的酒瓶**摔倒**（可
能昏了，也可能沒有），他的**金絲眼鏡**也掉

到地上，兇手趁機撲過去用**桌布**塞住他的嘴巴和鼻子，令他窒息而死。混亂中，兇手還踩爛了金絲眼鏡。

Track ⑧ 為了製造**自殺假象**，兇手撿起金絲眼鏡和碎了的鏡片，但不小心把一小塊**酒杯的碎片**也混了進去。

Track ⑨ 然後，他扛起布羅斯基的屍體，撿起鐵枝，並用一根**幼繩子**綁好雨傘和行李箱掛在肩上，穿過草地往鐵路走去。

Track ⑩ 去到中途，兇手把鐵枝扔到草叢中去。這時，由於屍體的頭向下，其面頰上**傷口的血就往下流**，流到額頭去，而且不久就乾了。

Track ⑪ 穿過 **圍欄的缺口**

去到路軌後，兇手放下行李箱和雨傘，把屍體以俯伏狀放到路軌上，又在枕木上撒下 **眼鏡** 的碎片（但沒察覺當中有酒杯的碎片），製造布羅斯基臥軌自殺的假象。

Track ⑫ 一輛載貨的火車經過，輾過了布羅斯基。

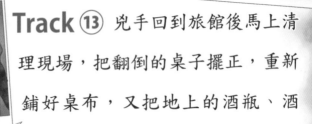

Track ⑬ 兇手回到旅館後馬上清理現場，把翻倒的桌子擺正，重新鋪好桌布，又把地上的酒瓶、酒杯和碟子的 **碎片** 扔到外面的 **垃圾箱** 去。

Track ⑭ 然後，兇手就像甚麼事情也沒發生過那樣，鎖好旅館的門，施施然地 **離開** 了旅館。

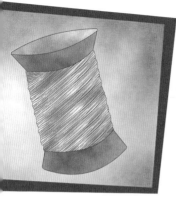

「且慢！」胖探長聽完後，**急不及待**地問，「你說兇手用 幼繩子 綁着布羅斯基的行李箱和雨傘掛在肩上才往鐵路走去，他為甚麼要這樣做？」

「兇手要拿着一根 鐵枝，又要扛着高大的布羅斯基，已騰不出手來拿 行李箱 和 雨傘，所以只好用幼繩子把它們綁起掛在肩上。」

「幼繩子……？」站長猛地記起，「難道在路軌撿到的那 一小截幼繩子 與這個有關？」

「嘿嘿嘿，站長先生的記性真好。沒錯，那該是兇手 剪斷繩結 時不小心留下的。」桑代克翹起嘴角一笑，故意往吧檯後的架子 瞄 了一下。

探長意會，舉頭往那兒定睛一看，並馬上嚷

道：「**呀！那裏有一卷幼繩子！**」說罷，他立即衝過去把它拿來。這時，桑代克已取出那一小截幼繩子遞了過去。

　　「哇哈哈！它們的顏色和質感都**一模一樣**呢！」探長一邊比對一邊興奮地說，「幸好我發現這卷幼繩子，否則就不能證明這截繩子來自這裏了！」

站長和老乘務員都**心知肚明**，其實一切早已在桑代克的掌握之中，他只是想給胖子探長留點面子而已。

「對了，那頂**帽子**呢？我們不是為了找帽子才追尋到這裏來的嗎？」探長雖然笨，但也尚有幾分清醒，所以忽然想起仍未找到帽子。

「帽子嗎？我進門的時候，已聞到了一陣**燒焦了**的味道。」桑代克往壁爐一指，「帽子應該已在壁爐中被燒成**灰燼**了！」

「哎呀，怎麼不早說？」探長慌忙走過去，用火鈎子把爐中的灰燼翻了翻，鈎了一塊還**沒被燒透的東西**出來。

他看了看那東西，十分肯定地說：「這是帽檐的碎片，應該來自一頂氈帽！」

「嘿嘿嘿，看來兇手在處理屍體後，才發現遺漏了布羅斯基的帽子。在無法可想之下，就只好把它燒掉了。」桑代克推想。

「那麼，兇手又是誰呢？」站長問。

「既然兇手是一早已在這旅館中，那麼——」

桑代克說到這裏打住，往胖子探長瞥了一眼。探長毫不猶豫地往下說：「還用問嗎？當然是旅館的人啦！」

　　布朗探長輕易就查出旅館老闆是**裁縫鼠**卡德，他更找到了旅館的兼職女工，知道卡德會乘搭夜船去**阿姆斯特丹**。於是，他馬上發了個電報給碼頭的派出所。

　　「去**阿姆斯特丹**的船發生了故障，須要延遲三個小時才出發！」探長收到回覆後向桑代克說，「我已吩咐當地的手足守住碼頭，現在趕去的話，我們應該可以親手把他**繩之以法**。」

　　「**我們？**」桑代克問，「你想我也一起去嗎？」

「當然啦，這是我們一起調查的案子嘛。」

桑代克看看懷錶，皺了一下眉說：「好吧，雖然要失約了，但我也想看看那個**卡德**是個怎麼樣的傢伙。」

「**好！**下一班火車快到了，準備出發吧！」

三個小時後，布朗探長率領一眾部下趕到碼頭時，剛好攔住了正要登船的**裁縫鼠**。

「卡德！你涉嫌謀殺布羅斯基，現在要拘捕你！」探長大喝一聲，警察們**一擁而上**，把嚇得臉色刹白的裁縫鼠逮住了。

「警察先生……我……我只是**自衛**而已……」裁縫鼠**期期艾艾**地辯解,「那傢伙……那傢伙想打劫我的旅館。」

「哼!自衛?自衛的話,為甚麼不報警?還要匆匆忙忙**連夜奔逃**?」探長詰問。

「這……這是因為……因為……」

未待裁縫鼠說出理由,正在搜查裁縫鼠**隨身物品**的警察,突然興奮地抬起頭來說:「報告探長!疑犯的行李箱中藏着**五顆鑽石**。」

「**甚麼?鑽石?**」探長詫然。

「呀!」在旁的一個瘦警察說,「探長,剛才忘了向你報告。今早有個**意大利神甫**到警局報案,說被一個戴金絲眼鏡、身穿藍色西

裝的**騙子**騙去了五顆鑽石。」

「金絲眼鏡和藍色西裝？啊⋯⋯那不就是**布羅斯基**嗎？」探長更驚訝了，「布羅斯基騙去了神甫五顆鑽石，而這傢伙的行李中又藏着五顆鑽石。這──」

探長轉過頭去，一手揪住裁縫鼠的衣領，厲聲喝道：

「**原來你為搶奪鑽石，把布羅斯基殺了！**」

「不⋯⋯鑽石是我的，是一位**意大**利神甫送給我的！」裁縫鼠**驚恐萬分**地說。

「哼！哪有那麼多神甫！你當我傻的嗎？」

「探長，那神甫說鑽石上都刻有一個非常細小的『M』字，是用來作記認的。」瘦警察說。

「**好！**快看看鑽石上有沒有這個記認。」探長命令。

一直在旁沒作聲的桑代克請纓道：「我有放大鏡，讓我來看看吧。」說着，桑代克掏出放大鏡，馬上檢視起來。

不一刻，他抬起頭來說：「每一顆鑽石上面，確實都刻有一個『M』字。」

「怎……怎會……這樣的……」裁縫鼠**臉如死灰**，「真……真的是神甫送給我的

29

啊……那是愛德蒙的遺物……那是愛德蒙送給我的遺物啊……」

「哼！一時說神甫，一時又說甚麼愛德蒙，還想狡辯嗎？現在人贓並獲，你死定了！」探長說罷，大聲喝令，「把他押回去，再找神甫對質！」

「探長，那位神甫說要趕回意大利，報警後就走了。」瘦警察說，「不過，他說如果尋回鑽石的話，把它們捐給本地教會就行了。」

「沒關係，現在的證據已足夠把這傢伙定罪了。」探長拍拍肚子開懷大笑，「哇哈哈！想不到螳螂捕蟬，黃雀在後，

30

但黃雀之後還有我這個打雀獵人呢。」

　「探長先生，恭喜你成功拘捕殺人犯。」桑代克笑道，「我也該走了，**後會有期**。」

　「甚麼？不一起吃飯嗎？我請客啊。」

　「留待下一次吧，再見。」說罷，桑代克轉身就離開。

　當他經過裁縫鼠的身邊時，卻輕輕地說了一句：「**好人**總有一天會得到上天眷顧，而**壞人**總有一天會**受到懲罰**的。」

聞言，裁縫鼠**赫然一驚**，連忙抬起頭來望向桑代克。當他的目光與桑代克眼中那道寒光相觸的一剎那，不知怎的，他的腦海中閃過了一下**愛德蒙的臉容**。當他想回頭再往桑代克望去時，已被警察一把拉住押走了。

第一滴血淚

幾天後，唐泰斯在一份晚報上看到了布羅斯基一案的報道。

據報道稱，裁縫鼠堅持自己是**自衛殺人**，但卻無法證實他口中所謂神甫的存在。更糟糕的是，他為了替自己**開脫**，謊稱布羅斯基突然闖進旅館施襲，他奮力反抗，並與對方雙雙摔在地上。當在地上扭打在一起時，他隨手扯下桌布，捂住對方的嘴巴，當回過神來後，對方已**窒息而死**了。他更聲稱因為

害怕被告誤殺，所以就把布羅斯基扛去路軌，製造自殺的假象。

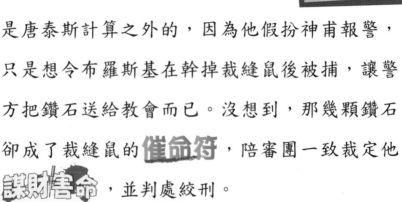

　　不過，由於布朗探長早已與桑代克推論出案發經過，裁縫鼠的證詞反而證明他謊話連篇。但對他構成致命一擊的卻是那五顆刻有一個「M」字的鑽石。這是唐泰斯計算之外的，因為他假扮神甫報警，只是想令布羅斯基在幹掉裁縫鼠後被捕，讓警方把鑽石送給教會而已。沒想到，那幾顆鑽石卻成了裁縫鼠的催命符，陪審團一致裁定他謀財害命，並判處絞刑。

　　唐泰斯扔掉看完的報紙，在夜色中**踽踽獨行**。

　　報仇成功了，但他卻**心若止水**，沒掀起半點波瀾。

　　為甚麼我沒感到開心？那傢伙雖然沒有陷害我，但他不僅對我**見死不救**，還眼睜睜地看着老爸餓死。他是**死有餘辜**！我該為報仇成功而開心呀！

　　對，我應該開心才對。我不能因為他是老鄰居而動**惻憫之情**，那傢伙把布羅斯基殺了，還精心佈局誤導警方，證明他是個**奸詐狡猾**之輩。要不是我恰好假扮法醫去看看他是否被幹掉了，就不能以法醫身份助那笨探長查明真相了。

但……但我並不開心，難道我還**心懷慈悲**，感到內疚？不行，我不可以這樣，我還有三個仇人，我絕不能心軟。唐泰斯！你要記住六年多的**黑牢生涯**，要不是得**M先生**相助僥幸越獄，我大概早已死在黑牢了！我要報仇！我不可以停下來！

唐格拉爾、費爾南、維勒福，你們三個等著！我很快就會來找你們了！

哈哈哈！哈哈哈！我不要婦人之仁！我已化身成為一個惡魔，我要親手把仇人碎屍萬段！

第一滴血淚

唐泰斯想
到這裏，忽然
感到面頰**熱乎乎**的，
他以為自
己哭了，
但他明明知
道自己沒哭
呀！

他用指頭一
摸，摸到了一滴**黏糊糊**的東西。

啊！是血！

熾熱的**復仇之心**令眼下的疤痕破裂，讓
他流下了**第一滴血淚**！

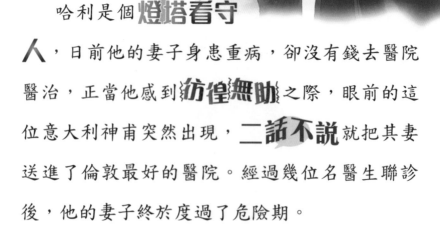

「**神甫先生，非常感謝你的幫忙！**要不是遇着你，內子一定已病死了！」在冷冷清清的醫院走廊中，哈利激動地握着神甫的手連聲道謝。

哈利是個燈塔看守人，日前他的妻子身患重病，卻沒有錢去醫院醫治，正當他感到彷徨無助之際，眼前的這位意大利神甫突然出現，二話不說就把其妻送進了倫敦最好的醫院。經過幾位名醫生聯診後，他的妻子終於度過了危險期。

「不必客氣，嫂子雖然已被搶救過來，但仍要留院一段時間，必須得到最好的照顧才能完全康復。不過……」神甫欲言又止。

「不過？」哈利有點慌張地說，「神甫先生，我知道**長賓難顧**，但我求你送佛送到西！待內子康復後，就算**赴湯蹈火**，我也一定會報答你的！」

「好吧。」神甫想了想，從口袋中掏出一條**金條**，「你賣了它，請一個看護照顧好嫂子吧。」

哈利接過金條，感激流涕地說：「神甫先生，你的**大恩大德**我無以為報啊！」

「不，你願意的話，可以還我一個**人情**。」

「當然願意！有甚麼需要我做，請儘管說！**力所能及**的，我一定會盡力做好！」

「你真的願意？」

「我願意！就算要了我這條命，我也願意！」哈利堅定地回答。

「嘿嘿嘿，我不需要你的命。」神甫冷冷地一笑，「我只需要一條腿。」

「一條腿？」哈利不明所以。

「對，一條腿。」神甫右眼下方隱隱然閃過一道紅光。

「你的一條腿。」神甫輕輕地補上一句。

哈利張開嘴巴愣愣地看着神甫，久久說不出話來。

燈塔看守人

在格德勒沙洲的西南端正值漲潮，淺灘已被海水覆蓋了。一座孤零零的**燈塔**，聳立在水深約12呎的海面上。

在燈塔的圍廊上，哈利看着自己那條擱在木凳上的**左腿**，靠在椅背上發愁。他身旁的一個男人手持望遠鏡，遠眺着地平線彼方的兩個小黑點。那是里卡爾弗的雙塔尖，也就是**海岸巡邏隊**的所在地。

「怎麼了？看到船嗎？」

哈利有點煩躁地問。

「沒有啊。」拿着望遠鏡的男人說，「一點蹤影也沒有呢。」

「**傑弗利**，怎麼辦啊！看來趕不上**漲潮**了。」哈利摸了摸左腿，痛苦地說，「再多等一天的話，我這條腿可要**報廢**了。」

「待有船經過，可以叫他們送你到伯青頓去，然後再坐火車回家。」傑弗利回過頭來提議。

「我不要坐火車，我要直接去**維斯塔布爾**，那兒有

最好的醫院。」哈利說完，又焦急地問，「怎樣？真的沒船往這邊來嗎？」

傑弗利轉過頭去，用手遮擋着陽光，眺望着遠方的海面。不一刻，他語帶興奮地說：「**哎呀！有船！有船啊！**」

「甚麼？真的嗎？」哈利精神為之一振。

「是一艘雙桅船！它從北面朝這邊駛過來了！」傑弗利舉起望遠鏡張望，「看樣子是一艘**運煤船**呢。」

「哇！太好了！」哈利

嚷道，「只要能登上這艘船，就可保住我這條腿了。」

「可是……」傑弗利想了想，「那並不是海岸巡邏隊派來的船，就是說，沒有人會接替你的工作。如果你自行登船離開，可算是**擅離職守**啊。」

「管它的甚麼擅離職守！難道我不理這條左腿嗎？是**骨折**啊！不處理的話肌肉會壞死的呀！」哈利激動地叫道，「況且，我現在只能坐着，甚麼也幹不了！留在這裏幹嗎？好兄弟，快發**信號**，叫船駛來這邊！不要讓它跑了！」

「說的也是，不趕快處理可會**終身殘廢**的，相信上級也會體諒。」傑弗利說罷，馬上去取來兩面**信號旗**，匆匆地把它們拴在升

降索上。待船駛近了，他立即拉動繩索把旗升起。兩面旗幟「啪噠啪噠」地迎風飄揚，送出了求救的信號。

很快，運煤船的主桅杆上也升起了一面三角旗，顯示對方已看到求救信號了。

「他們看到了！他們看到了！」哈利興奮地呼叫。

不一刻，運煤船緩緩地調過頭來，用船尾逐漸向燈塔靠近。

接着，運煤船放下了一隻小艇，艇上有兩個男人用力划槳向燈塔這邊划來。

「唔？」傑弗利舉起望遠鏡說，「艇上有一位是**神甫**呢。」

　　「**甚麼？神甫？**」哈利暗地一驚。

　　「沒錯，是一位神甫。」

　　果然，小艇駛近後，哈利也看到了，但他沒想到神甫會來，幾天前的情景霎時在腦海中重現……

　　「神甫先生……」哈利語帶疑惑地問，「你說要我的**一條腿**，意思是要我當你的**跑腿**嗎？」

「不，我要的是真真正正的一條腿。」神甫輕描淡寫地說，「不過，隨便哪一條也行，左腿還是右腿，你自己挑吧。」

「神甫先生，我不太明白。」哈利擔心地問，「你的意思是……要砍下我一條腿嗎？」

「不必砍下，你回到燈塔後，只須弄斷一條腿就行了。」

「回到燈塔後？為甚麼？」

「請恕我無可奉告，但你也不必太擔心，我不是要你幹犯法的事。」神甫說，「你兩天後回到燈塔，在第一天的晚上製造意外，撑

斷其中一條腿。然後，第二天漲潮的時候，會有一艘船在附近的海面駛過。你叫同僚升起求救的**信號旗**，那艘船就會來救你了。」

「可是……我摔斷了腿後，就無法工作了……」哈利有點猶豫。

「只要斷得**乾淨俐落**，很快就能復原。」神甫說，「例如，用硬物砸斷一條**脛骨**，只要不傷及關節，兩三個月內就會完全康復。對了，你是右撇子，我建議你砸斷**左腿**，這樣對你來說會方便一點。」

哈利低頭想了一會，最後，他毅然地抬起頭來說：「**好吧！**雖然不知道為甚麼要這樣做，但既然不犯法，我就答應你，砸斷自己的左腿吧。」

「**嗨！出了甚麼事嗎？**」小艇上的水手大聲喊問，打斷了哈利的思緒。

「我的同僚摔斷了腿！請問你們的船可以把他送到**維斯塔布爾**去嗎？」傑弗利高聲回應。

水手回頭向神甫不知道說了些甚麼，又回過頭來喊道：「讓我們先上來看看！神甫先生懂得**急救**！」

不一刻，小艇靠岸，那個水手和神甫沿着鐵梯攀上了圍廊。

「我叫**傑弗利**，受傷的同僚叫**哈利**，麻煩你們幫忙了。」傑弗利自我介紹。

「沒關係，反正我們也會經過**維斯塔布爾**。」神甫說，「讓我先看看**傷員**吧。」

哈利看着走近的神甫，未待他開口，神甫已問道：「怎樣？傷得嚴重嗎？」

「摔斷了左脛骨。」哈利回答。他從神甫的神態中，已知道要假裝**互不認識**。

神甫蹲下來，仔細地檢查了一下哈利的傷勢，轉過頭來向傑弗利問道：「可以找兩塊跟小腿長度差不多的**木板**來嗎？」

「可以呀。」傑弗利說完，馬上就走去找木板。

「傷得不算嚴重，好好休息的話，兩個月就能如常走路了。」神甫說着，悄悄地看了看傑弗利走開的身影，然後壓低嗓子續道，「哈利，你幹得很好，辛苦你了。」

「不，比起你的幫忙，這不算甚麼。」哈利低聲回答。

「記着，不論日後發生甚麼事，你都要保持緘默。」神甫吩咐，「我所做的一切，都只是替天行道而已。」

「我明白。」哈利點點頭。

這時，傑弗利已拿着兩塊木板來了。神甫接過木板後，很快就為哈利包紮好，固定了折斷的位置。

傑弗利為哈利收拾好行李後，那個水手拿着行李攀下鐵梯，先回到小艇上。然後，在傑弗利的協助下，哈利坐上滑車，被吊到小艇上去。

「神甫先生，麻煩你們啦！」傑弗利向最後攀下鐵梯的神甫說，「海上巡邏隊的船要五天後才來，要不是你們的船剛好經過，哈利的

腿就會**報廢**了。」

「不必客氣，你們是海上的守護人，船隻都靠你們指引方向啊。」神甫笑道，「**好人嘛，一定會得到上天眷顧的。**」

「你這麼說，真有點**受寵若驚**啊！叫我感到自己的工作好像突然變得很**神聖**呢。」傑弗利笑道，「但話說回來，你怎會坐上那艘運煤船的？」

「啊，沒甚麼，我為了省錢，請他們給我坐一趟**便船**

罷了。」神甫說完，就沿着鐵梯攀下去了。

反目成仇

傑弗利看着載着哈利的運煤船遠去，不禁感到有點落寞。現在，燈塔只剩下他孤零零的一個人了。他站在圍廊的欄杆旁，看着眼前那**一望無際**的大海，一種**難以言狀**的空虛襲來，那個平日只懂**唉聲歎氣**的哈利也忽然叫他懷念起來了。

他知道，哈利上岸後會馬上叫人通知海岸巡邏隊，幾天後就會有人到來頂替哈利的位置。畢竟，一個人守在燈塔上太危險了，要是他病了或像哈利那樣受了傷，就無法執行任務了。倘若遇上了**大霧**，路經的船隻就可能有危險了。不過，那個替工甚麼時候才能來呢？一天、兩天、三天，還是四五天後才能來呢？

傑弗利搖搖頭，他知道再想下去也是徒然。惟一可以**解悶**的，就是埋頭工作。他想到這裏，就走去擦拭**護鏡**。擦完了，再去修剪油燈的**燈芯**。接着，他想起了防霧警報器上的

小馬達，

馬上走去為它加了機油，並把它擦得閃閃發亮。

當要幹的都幹完了，他又百無聊賴地回到圍廊，看着海面遠處載浮載沉的浮標發楞。

不一會，他注意到欄杆的油漆在風吹日曬下已有些剝落。於是，他又走去找來工具，在剝落的地方重新鬆上油漆。

幹着幹着，不經不覺天色已晚。他到廚房煮了個簡單的晚餐，草草吃完後洗個澡，然後就倒頭大睡去了。

一宿無話，第二天起來，他整天幹這幹那的，完成了所有例行公事。之後，他待到黃昏漲潮的時刻又走出圍廊，用望遠鏡眺望着海面，看看有沒有海岸巡邏隊的船駛來。可是，海面風平浪靜，除了那個浮標之外，甚麼也

沒有。

看了一會，當他正想轉身走開時，突然發現遠方出現了一個小黑點。他連忙舉起望遠鏡往那邊望去。果然是一條船，船上還有一個人。可是，他再定睛看清楚，發覺那只是一條漁船，並不是海岸巡邏隊！

傑弗利無比失望地放下望遠鏡，心中想：「還以為是頂替哈利的新伙伴，真掃興啊。」他靠在欄杆上，掏出煙斗，把預早從煙餅切下來的煙絲塞到斗鉢中，用火柴點燃後使勁地抽了幾口。

他看着大海，想起了自己當漁民時熱熱鬧鬧的日子，還有在追求表妹美蒂絲時的忐忑和

歡樂。可是，在情敵唐泰斯被押送到煉獄島之後，一切都變了。一股隱藏在**黑暗中**的**勢力**在他和唐格拉爾的周邊*蠢蠢欲動*，雖然，兩人都不知道這股勢力的背後是誰，但肯定與告發唐泰斯有關。這時，他們才赫然醒悟，告發陷害雖然鏟除了唐泰斯，但他們自己也成為了**被鏟除的對象**。政治鬥爭比想像要複雜和危險得多，在無法可想下，兩人決定連夜逃亡，以水手身份登上一艘名叫**海花號**的漁船，遠走他方。

　　可是，一時的貪念，卻令他被逼在這個孤獨的燈塔中度過了七年時光。

「都是**唐格拉爾**不好！要不是他，我也不必淪落到**如斯境地**！」傑弗利想到這裏，腦海中浮現出一個美麗但又駭人的畫面……

那天陽光普照，藍色的海面與**萬里晴空**連成一片，一艘白色帆船在大海中隨水流飄浮。

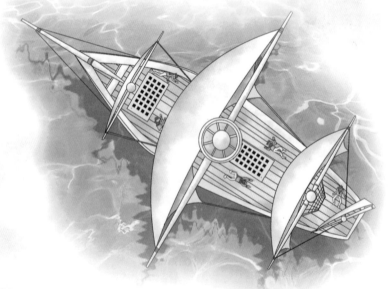

甲板上有十幾個人**醉醺醺**地倒在地上，他們都喝了下了**迷藥**的威士忌。在船長的房間

中，船長和大副都倒在地上死去了。船長的屍體旁蹲着一個人，他把尖刀往死者的衣服上使勁地擦了幾下，把刀口上的血擦得**乾乾淨淨**。他——就是**唐格拉爾**。

看着這情景的不是別人，就是他自己**費爾南**，大副剛剛也死在他手上。本來，他們兩人只是化身成水手逃亡，但唐格拉爾偶然得悉船長帶了幾十條金條，就遊說他一起**殺人奪金**。

唐格拉爾的說詞很簡單，逃亡必須有足夠的資金，只要奪去金條，他們就可到海外去當寓公，

一世無憂了。

自己**財迷心竅**，**糊裡糊塗**地就跟着唐格拉爾下了毒手。

之後，他們按計劃登上了逃生小船，任由海花號隨水流飄向**波濤洶湧**的大海。一艘經過的商船救起了他們，兩人訛稱遇上海難，說海花號已經沉沒，只有他們**逃出生天**。在獲得商船相信後，他們被送到了途經的一個港口。

一切都很順利，他心想把金條均分後就可與唐格拉爾**分道揚鑣**，各自逃亡。但他沒想到，唐格拉爾不但獨吞了金條，還在出走前向警方**舉報**。他好不容易才逃離

追捕，**身無分文**的他遇上燈塔招工，只好馬上化名傑弗利·羅克應徵，因為**與世隔絕**的燈塔正是最好的藏身之所。幸運地，擁有豐富航海知識的他馬上獲聘。

就是這樣，**不經不覺**之間，他已在這個燈塔呆了七年。每當想到那個可惡的唐格拉爾

拿着那些金條在外國**風流快活**時，他就恨得牙癢癢，更想把對方**碎屍萬段**。要不是他唆使自己寫那封陷害唐泰斯的告密信，要不是他慫恿自己**謀財害命**，又怎會落得如斯境地？可是，他知道不可能再見到那個可恨的傢伙了，自己的餘生將會像坐牢般在這個**燈塔孤島**上度過。

想到這裏，他抬起頭來，又舉起望遠鏡往那小漁船看去。小漁船近多了，看來是朝着這燈塔的方向而來。難道是來**送信**的？不管怎樣，又不是海岸巡邏隊，哈利的替工今天不會出現了。

傑弗利氣餒地站起來，他走進廚房弄晚餐，隨便吃了些馬鈴薯和麵包，又吃了些昨天剩下的冷肉。

吃完後，他又回到圍廊看那條**小船**。這時，小船離燈塔已很近了，看來只差**一哩**左右。

「沒錯，是朝這邊來的。」他這麼想着，連忙舉起望遠鏡細看。

「唔？那人怎麼戴着**港務局**的帽子？難道是來接替哈利的？可是，怎麼不是

海岸巡邏隊載他來，而要他自己駕着小船來呢？」

小船接近後，那人**匆匆忙忙**把帆降下，急急地划起槳來了。

「唔？」傑弗利察覺有異，連忙往水平線望去。這時，他才注意到東邊的海面有一團**黑壓壓的濃霧**正向這邊湧來，連格德勒沙洲東端的燈塔也看不見了。他匆忙回到塔內啟動濃霧警報器的小馬達，看到它運作正常後，他又回到圍廊上。這時，「嗚……嗚……嗚……」的警報聲大作，仿似向濃霧大聲**咆吼**。

可是，燈塔四周已被大霧籠

罩，那隻小船也在霧中消失了蹤影。他**側耳細聽**，卻甚麼也聽不見。濃霧不僅遮擋了視野，彷彿連聲音也**隔絕**了。警報器**斷斷續續**地吼叫，在間歇的靜寂之間，他只聽到海浪撞擊下面那些鐵支架的水聲。

可是，過了一會，一陣划槳的聲音傳來。他定睛一看，只見剛才那隻小船像幽靈似的正好**破霧而出**。船上的男人在拚命地划槳，這時，警報器像提醒他似的長鳴了幾下，當他回頭看到塔腳後，馬上調整船頭直往燈塔這邊划過來了。

傑弗利慌忙從樓梯走下去，來到底層的圍欄後，他站在梯子的頂端熱切地往下望去。哈利走後的這兩天，他已嘗夠了孤獨。他要看清楚這個逐漸靠近的**陌生人**。一個合拍的伙伴對他來說實在太重要了，要是與對方合不來的

話，燈塔的生活必會變得。

小船敏捷地穿過激流，逐漸逼近燈塔的鐵支架了。可是，傑弗利仍無法看清楚這個未來伙伴的臉孔。很快，小船終於「嘭」的一聲撞到鐵支架的防護椿上。那人把槳往船內一扔，一手就抓住了梯子。傑弗利見狀，連忙把一根繩索拋下去。不過，他依然無法看清那人的容貌。

傑弗利從梯子頂端探出頭來看去，只見下面那男人純熟地把繩子拴在小船上，又把帆從桅杆上解下來。接着，他把一個繫着繩子的小箱往肩上一扛，

就一級一級地沿梯子攀上來了。傑弗利充滿好奇地看着那人晃來晃去的頭頂，但那人始終沒有抬起頭來往上看。

當他快要攀到梯子的頂端時，傑弗利想伸出手去拉他一把，就在那個時候，他終於抬起頭來了。

剎那間，傑弗利全身也僵住了。

冤家路窄

「**啊！這不是……？**」他倒抽了一口涼氣。

新來的看守人踏上圍欄的一刹那，警報器像一頭飢餓的怪獸般發出了怒吼。傑弗利**不發一言**，一個急轉身就回到燈塔內，他逕自走上了樓梯。那人看着傑弗利的背面，默默地跟着他走。

噔噔噔噔、噔噔噔噔……

在浪聲中只聽到他們登上樓梯的聲音。

傑弗利走進客廳後背着那人揚一揚手，示意他把箱子放下來。

「喂，老兄，你不太喜歡說話呢。」那人好奇地看了看四周，半開玩笑地說，「打聲招呼也不會虧本呀。哈哈哈，今後得一起生活啊，希望我們合得來吧。對了，小弟名叫阿莫斯‧托德，老兄尊姓大名？」

傑弗利轉過身來，猛地把那男人拉到窗邊，咬牙切齒地叫道：「托德？別胡扯！看着我！唐格拉爾！你說！我姓甚名誰？」

那男人赫然一驚，他看清楚眼前人後，臉色霎時變得有如死人般慘白。

他囁嚅着說：「**不……不可能！你……不可能是費爾南！**」

傑弗利冷冷地一笑，湊到唐格拉爾臉前吼道：「**費爾南嗎？**嘿嘿嘿，這幾年我幾乎已忘了這個名字呢！你這麼一叫，我終於可以找回自己了。對，我就是費爾南！真是**冤家路窄**，你我轉了個大圈，竟然又**聚首一堂**呢！」

「冤家……？千萬別這麼說！好……好久不見了，你……**你別來無恙**吧？」唐格拉爾慌張得**期期艾艾**，「你長滿了鬍子呢！啊，頭髮也有點白了，幾乎認不出來了。我……我明白，是我不對。不過，我們毋須記住那些**陳年往事**，

對嗎？哈哈哈，君子**不念舊惡**嘛。費爾南，我們回復以往那樣，繼續做個好朋友吧。」

說完，他掏出手帕一邊擦着臉上的冷汗，一邊**誠惶誠恐**地看着眼前的多年「好友」。

「坐下，坐下來慢慢說。」費爾南指了指旁邊那把殘舊的扶手椅，「看你那副**寒酸相**，怎麼連**牙齒也掉光了**？這幾年過得很苦嗎？那些金條怎樣了？已把金條花光了吧？否則，也不用淪落到這裏來了。」

「不，被搶走了！費爾南，金條全給搶走了啊。」唐格拉爾邊坐下邊說，「事情已過去了，那些水手已**葬身大海**，忘記那件事吧。

我們不說出去，沒有人會知道的。」

「哼！說得好哇！知道太多秘密的人最好就是被吊死，或者葬身大海吧？對嗎？」費爾南說着，在狹小的客廳中煩躁地來來回回。每當他走近時，唐格拉爾都會被嚇得在椅上縮作一團。

「光盯着我幹嗎？」費爾南粗暴地說，「怎麼不抽根煙，或者找些事情幹？」

唐格拉爾慌忙從口袋中掏出煙斗和煙草袋，顫手顫腳地倒出一點煙絲塞進煙斗中。他把煙斗叼在嘴裏，往口袋中抓出了一根紅頭火柴往鞋底一劃，劃出了一絲藍白色的火苗。他盯着費爾南，一邊把火苗點向煙斗的煙絲，一邊大口大口地吸着。

同一時間，費爾南取出一把大折刀，走去拿

來一塊堅硬的 **煙草餅**，邊切着煙草邊盯着這個曾經出賣他的舊伙伴。

「煙斗好像塞住了。」唐格拉爾吸了幾口後，**誠惶誠恐**地問，「請問有沒有鐵線之類的東西？」

「沒有。」費爾南冷冷地應道，「煙斗倒是

多的是，你吸我這個吧。」說着，他把自己剛**塞滿煙草的煙斗**遞了過去。

「謝謝。」唐格拉爾**小心翼翼**地接過煙斗，眼睛緊緊地盯着費爾南手上那把閃閃發亮的折刀。

椅子旁邊的牆上掛着一個手工粗糙的**煙斗架**，上面擱着幾隻煙斗。費爾南伸手去摘下一隻時，他手上的折刀只是**晃了晃**，唐格拉爾已被嚇得臉色也變了。

費爾南又從硬煙草餅上默默地切下煙草時，唐格拉爾才敢**戰戰兢兢**地探問：「怎樣？費爾南，我們回到過去，繼續做個好朋友吧？」

這句說話馬上把費爾南**惹火**了，他屬聲喝

道：「繼續做個好朋友？你曾經出賣我，差點就要了我的命！竟敢**厚顏無恥**地說繼續做個好朋友？」

「這……」心虛的唐格拉爾不知如何回應。

「嘿嘿嘿，這個問題真要好好思考呢。但現在沒空跟你討論，我要去檢查一下馬達。」說完，費爾南就轉身出去了。

唐格拉爾呆坐在椅子上不知如何是好。過了一會，他看了看手上的**兩隻煙斗**，就把費爾南送給他的那隻叼在嘴裏，並把自己那隻掛到煙斗架上。接着，他**心神恍惚**地掏出一根火柴，點燃了煙斗抽起來。抽着抽

着，他變得愈來愈**坐立不安**。終於，他生怕弄出甚麼聲響似的，**戰戰兢兢**地站了起來，又悄悄地走到門口豎起耳朵細聽。

沒聽到有甚麼動靜後，他探頭去看，外面仍然是一片**濃霧**。於是，他立即吹熄煙斗，把它塞進口袋裏，然後走到圍廊去，眼看**四下無人**，就**躡手躡腳**地往剛才上來的那道鐵樓梯走去。

「喂！你想去哪兒？」突然，身後響起了費爾南的聲音。

他**赫然一驚**，慌忙回身答道：「沒甚麼，只是想下去看看，我怕那隻船沒栓好，被水流沖走了就麻煩啦。」

「你不用操心，我會把它栓好。」

「是嗎？」唐格拉爾並沒停下腳步，「你的 同僚 呢？該還有一個人呀。我是說，我來頂替的那一個。」

「別白費心機了，你我之外，這兒沒有別人。他乘運煤船走了。」

「只有……只有我們兩個嗎？」唐格拉爾霎時被嚇得面如土色，但仍強裝鎮靜地說，「那麼，下面那隻船怎辦？誰送回去？」

「這事待會再說。你先收拾行李，安頓一下吧。」費爾南說着，一步一步逼近唐格拉爾。

「啊⋯⋯」唐格拉爾大驚之下，猛地轉身往樓梯口跑去。

「**回來！**」費爾南怒吼一聲，拔腿就追。

但唐格拉爾沒有理會，他拚命地沿着樓梯奮力地**衝**下去。費爾南追到樓梯口時，他已差不多衝到燈塔的最底層了。不過，他太慌張了，在匆忙之間摔了一跤，幸好他抓住了**欄杆**，才不至於失足掉到海中。

可是，當他走到梯子前正想往下攀之際，費爾南已追到，還一手**抓住**了他的後領。

唐格拉爾伸手往腰間一摸，再猛地回身一劃，一道白影在費爾南的前臂上掠過。

「**豈有此理！**」費爾南一拳揮下，唐格拉爾慘叫一聲，已見其手中的匕首被打得飛脫，「**嗖**」的一下正好插在下面小船的木板上。

「*你這狗養的！竟敢用刀砍我！*」費爾南用流着血的手掐住唐格拉爾的脖子，喉頭迸出一股低沉的怒號，「你的刀法依然不賴呢！是你出賣我吧？對嗎？」

「**不，我沒出賣你！**」唐格拉爾哭喪着說，「我甚麼也沒說，放過我吧！我沒想過害你！我沒──」

話未說完，唐格拉爾已掙脫一隻手，掄起一拳就往費爾南的面門打去。但**說時遲那時快**，費爾南一手把攻擊架開，並順勢把老伙伴一推。

唐格拉爾**跟跟蹌蹌**地退後幾步，正好靠在欄杆上**搖搖欲墜**。

「**去死吧！**」

費爾南上前再用力一推。

我沒──

去死吧！

失蹤的看守人

7月的早晨**天朗氣清**，化身成為蘇格蘭場法醫的桑代克，來到了位於聖殿碼頭的**港務局**，探望早前認識的**李船長**。

一個拿着煙斗，滿面白鬍子的老人早已在門口相迎，他一看到桑代克，就大聲叫道：「**哈哈！**今天天氣很不錯呢，真高興你來看俺

啊！」與豪爽叫聲非常匹配，他是一個體格**魁梧**的老船長。

　　這時，他身後鑽出一個**十二三歲的少年**，瞪着一雙機靈的眼睛看了看桑代克，以懷疑的口吻向老船長問道：「他就是蘇格蘭場的**警探**？與我想像的不一樣呢。」

　　「**猩仔！**怎可以在人家面前這樣說話，太沒有禮貌了！」老船長叱責一聲，然後轉向桑代克說，「這**小毛孩**是俺的孫子，被他媽寵壞了，說話**沒大沒小**的，請你見諒。」

　　「沒關係，

小孩子嘛，活潑一點好。」桑代克笑道。

老船長摸摸孫兒的頭，說：「俺告訴他，早幾天在酒吧中與幾個喝醉酒的無賴打架時，幸好有一位**見義勇為**的紳士相助，把無賴們教訓了一頓。他聽到後很興奮呢！」

「爺爺說你**一拳打一個**，只花了幾秒就把他們全打倒在地上，實在太厲害了！」猩仔興奮地說。

「哪有那麼厲害，他們其實已喝得**腳步浮浮**，用一根手指一戳，也會倒下來啊。」桑代克開玩笑地說。

「**哈哈哈！**桑代克先生，你太謙虛了。」老船長大笑，「俺這頑皮的孫子，知道你是蘇

格蘭場的警探後，就說非要見見你不可了。他自小的志願就是當警察，還**大言不慚**地說甚麼**除惡懲奸**，要**為民除害**呢！」

「這志願很不錯嘛。」桑代克向猩仔笑道，「不過，我不是警探，我只是蘇格蘭場的**法醫**罷了。」

「法醫？那是幹甚麼的？」猩仔不明所以。

「法醫的工作主要是通過檢驗屍體來調查**死因**，協助警察破案。」桑代克說，「我們不會去抓犯人，也沒有槍，有的只是**解剖刀**、**放大鏡**和**鑷子**之類的工具啊。」

「甚麼？沒有槍？也不會去抓犯人嗎？太沒趣了。」猩仔有點失望，但他想了想，又瞪大

眼睛問，「你剛才說檢驗屍體，那不是常常可以看到死人嗎？」

「是啊，我在工作上接觸死人的時間要比活人多呢。」桑代克笑問，「你怕不怕？」

「開玩笑！」猩仔挺起胸膛說，「**我怎會怕死人？**我是全班最大膽的，上生物課時還親自解剖過青蛙！**太簡單了！**」

「哎呀，別亂吹了。」老船長沒好氣地說，「桑代克先生工作膽大心細，要從屍體中找出線索來破案，怎可與你在課堂上解剖青蛙相提並論。」

「你爺爺說得對，我們當法醫的常會遇到千奇百怪的罪案，要找出線索並不容易啊。」

「啊，對了。」老船長想起了甚麼似的說，「說起千奇百怪，俺這兒也有一樁案子很奇怪，你可以給點意見嗎？」

「好呀，究竟是甚麼案子？」

「對，是甚麼案子？快說來聽聽！」

猩仔好奇地

問。

老船長「**啪**」的一聲打了一下猩仔的腦瓜兒，罵道：「大人談正經事，你別插嘴！」

「**說來話長**，不如我們到長堤去散散步，邊走邊說吧。」老船長提議。

「好呀。」

桑代克心中暗想：「**正中下懷**！我正等着你說出這句話呢。」

老船長邊走邊**大口大口**地抽着煙斗說：「簡單說來，是有位燈塔看守人失了蹤，就像水蒸氣似的，忽然在空氣中消失了，一丁點痕跡也沒留下來。我們懷疑他可能犯了甚麼事，突然跑了。當然，也可能失足掉到海中**淹死**了，又或許被仇家**毀屍滅跡**，殺了！」

「**嘩！好刺激呀！**」猩仔緊張又興奮地喊道。

「**啄**」的一聲，老船長用煙斗敲了一下少年的腦瓜兒，罵道：「叫你安靜點，沒聽見嗎？」

　　猩仔吐吐舌頭，扮了個鬼臉。

　　「事情是這樣的，你聽俺說。」老船長繼續道，「有個叫哈利的燈塔看守人在燈塔執勤時摔斷了腿，一艘路過的運煤船把他救了，拉姆斯蓋特的官員就安排了一個名叫阿莫斯・托德的失業水手去頂替他。本來，是該由雷庫爾弗海岸巡邏隊負責送替工去燈塔的，但那天剛好把船拿去維修了，反正那個替工又懂得駕駛帆船，就讓他把港務局的委任信帶在身上，叫他自己駕船去格德勒燈塔了。可是，事後據燈塔的另一位看守人傑弗利說，替工並沒有出現，一直到現在仍找不到他。」

「啊？這麼奇怪？」桑代克問，「那麼，有人看到他**駕船出發**嗎？還是還未出發就失蹤了？」

　　「有看到他駕船出發，因為是海岸巡邏隊的人親自送他上船的。」老船長說，「不僅如此，據那個在燈塔的看守人說，他當天看見有個

94

人駕着帆船向燈塔駛來，但突然吹來一陣**濃霧**把船罩住了，當霧散去後，船卻不見了。就是說，連人帶船都失蹤了。」

「會不會是在濃霧中被大船撞翻了呢？」桑代克問。

「也有這個可能，但我們沒收到事故報告。」老船長說，「據海岸巡邏隊的人說，那個名叫托德的替工駕船出發時，把船帆拉得太緊，要是刮起大風的話，很容易翻船。不過，當日海浪不大，也沒有風暴。」

「他身體沒甚麼毛病吧？」桑代克問，「出海時有異樣嗎？」

「報告上沒寫啊，該沒有甚麼異樣吧。不過，那份報告卻寫了很多**無關痛癢**的細節。」老船長有點氣惱地說，「例如，說他扯起了船帆後，就掏出煙袋，把**煙袋**裏的*煙絲*塞到手上的煙斗去，一邊開船一邊抽煙。你聽見了吧？報告是說他『把**煙袋**裏的*煙絲*塞到手上的煙斗去』，難道把煙絲塞到鼻孔裏去嗎？當然是塞到煙斗去啦！最離譜的是，竟特意寫明是『手上的煙斗』，這是甚麼**屁**

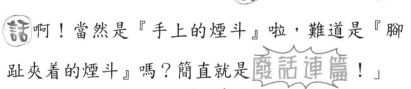

話啊！當然是『手上的煙斗』啦，難道是『腳趾夾着的煙斗』嗎？簡直就是**廢話連篇**！」

「對！簡直就是**廢話連篇**！」安靜了一會的猩仔，又不安分地附和。

「哈哈哈，聽起來確實有點**廢話**呢。」桑代克笑道，「不過，以蘇格蘭場的標準來說，這份報告寫得不錯啊。因為，案情

報告必須**巨細無遺**地把所有細節記錄下來，而且不得以**個人喜好**選擇性地陳述。」

「哎呀，話是這麼說。不過，甚麼煙斗啦煙絲啦，跟他的失蹤又怎會有關呢？」

「這倒很難說，有時一些看來**無關痛癢**的事情，往往會成為**破案的關鍵**。」桑代克說，「因為，一件物件或一些瑣事的意義，有時要與其他證據**連繫一起**，才能顯現出來的。」

「爺爺，桑代克先生說得對！」猩仔又**自作聰明**地插嘴道，「老師說過，**屁**臭不臭，要看吃了甚麼東西，所以把屁和食物連繫起來，就知道**臭的來源**了。」

「**傻瓜！**」老船長罵道，「大人說正經事，你放甚麼屁！」

「我說的是事實啊⋯⋯」猩仔有點不服氣地嘟噥。

這時，不遠處傳來了「**嘩嘩嘩**」的馬達聲，一艘**拖網船**正在靠岸。

老船長看到了，感到奇怪地說：「它來這裏
幹甚麼呢？」

拖網船停定了後，看似要往碼頭卸下一件甚
麼東西。老船長連忙領着桑代克和猩仔上前去
查看。

「喂！你們在幹甚麼？」老船長揚聲問。

「我們在海上撈到一具屍體，所以把它送來了。」一個船主模樣的壯漢在船上大聲應道。

「甚麼？屍體？把屍體送來這裏幹嗎？」老船長訝異地問。

「等一等，我下來向你解釋！」那個壯漢縱身一躍，跳到碼頭上。

他快步走了過來，暗中往桑代克遞了個眼色，然後向老船長說：「我們是在南辛格斯灘靠近燈塔的海灘上發現那具屍體的，在他的口袋中找到了一封信，所以估計他是你們的人。」

說着，他從口袋中掏出一封信，遞給了老船長。

老船長打開信一看，不禁驚叫：「啊！這是用港務局信箋寫的**委任信**，上面還有**阿莫斯・托德**的名字，證明他已獲聘當哈利的替工。」

「啊！那不就是爺爺你剛才說的那個人嗎？」猩仔亢奮地叫道。

「**傻瓜！別吵！**」老船長罵完，轉向桑代克說，「太巧合了！那具屍體好像衝着你來的呢！要不要去看看？」

「這個嘛……」桑代克故意裝出有點猶豫地說，「你必須報了案，我才可以正式展開工作

啊。」

「這個當然，但你也可以先看看呀。」老船
長說。

「**對！**桑代克先生，你先看看吧！」猩仔
熱切地說，「我可以當你的**助手**幫忙啊！別看
我年紀小，我**膽子**和**力氣**也很大，絕不怕死
人的！」

「是嗎？」桑代克給逗笑
了，「好吧，那麼我就初步
檢查一下屍體吧。幸好我
常常帶着
工具包，
可以做簡
單的檢
查。」

「太好了！希望這只是意外，不是兇殺吧。」老船長有點擔心地說。

「啊！就是說有可能是兇殺啦！」猩仔興奮得手舞足蹈，「怎麼辦？怎麼辦啊？太刺激了！」

「你這沒腦的傻瓜！很喜歡兇殺嗎？」老船長又「咚」的一聲，用煙斗敲了一下猩仔的腦瓜兒。

接着，老船長叫拖網船的船員幫忙，把屍體搬往港務局的一間小屋去。桑代克在後面跟着，他知道，那不是甚麼**阿莫斯·托德**，那是**唐格拉爾**，正如他不是**桑代克**，是**唐泰斯**一樣。

藤壺與龍介蟲

　　原來，桑代克在喬裝成 **意大利神甫** 接觸哈利之前，早已查出了唐格拉爾和費爾南的下落，知道費爾南為逃避警方追捕而化名到一座偏僻的燈塔當 **看守人**。唐格拉爾更倒霉，本以為獨吞金條後可以到外國去當寓公，卻沒想到遇上 **黑吃黑**，不但所有財物被搶去，還遭痛毆一頓，連前排的牙齒也全被

打落了。他在警方追緝下也化了名在英國各地流轉，有時當當水手，有時又打打散工糊口。當唐泰斯以神甫身份接近他時，他已失業半年，幾乎花光了積蓄。

於是，唐泰斯想出了一個一石二鳥之計，他先遊說費爾南的同僚哈利打斷自己一條腿，故意騰出空缺，好讓他介紹唐格拉爾到費爾南的燈塔當替工，讓這兩個反目成仇的「好友」困在燈塔之中自相殘殺！

他雖然不知道當晚燈塔上發生了甚麼事，但他在濃霧中的一艘輪船上，用望遠鏡看到了那嚇人的一幕。

「先生，屍體已放好了。」拖網船船主的聲

音打斷了唐泰斯的思路，令他馬上回到桑代克的角色中去。

「辛苦了。」桑代克別有意味地向船主瞥了一眼，「請留下姓名和聯絡方法，日後警察問到甚麼，你照直說就行了。」

「好的。」船主點點頭，就帶着他的船員離開了。

老船長看了看已躺在長桌上的屍體，說：「桑代克先生，現在看你的了。」

「好的。」桑代克點點頭。這時，他發現

猩仔躲在他爺爺身後，「咕嚕」一聲吞了口口水，看樣子又好奇但又有點害怕。

桑代克向他笑道：「怎樣？現在看到死人了，**害怕嗎？**」

「**害怕**……？別……別開玩笑。」猩仔**硬着頭皮**走出來說，「我又不信世上有鬼，人死了沒甚麼好害怕的！」

「很好。」桑代克讚道，「你剛才不是說要當我的**助手**嗎？我會一邊檢查一邊說出看到甚麼，你問爺爺拿一枝鉛筆和一本記事本，把我說的**記錄**下來吧。」

「真的？你真的讓我當助手？」猩仔精神為之一振。

「**不、不、不！**」老船長慌忙阻止，「我怕他壞了事啊。」

「沒關係，我看猩仔他膽子大，對**搜證**的**工作**好像很有興趣，說不定將來真的能成為警探，就讓他試試吧。」桑代克笑道。

「真的沒問題嗎？既然你這樣說，就讓他試試吧。」老船長雖然有點**遲疑**，但仍答允了，並走去拿了鉛筆和記事本來。

「**太好了！**」猩仔開心地叫道。

「好了，小心聽着和記下來啊。」桑代克從頭到腳地一邊檢視屍體一邊說，「他年約30多歲，一身海員裝束，看來只是死了兩三天。幸運的是，身體沒有被魚蟹咬過，除了**左額被刮傷**了外，並沒有**骨折**和明顯的**外傷**。」

說完，桑代克把耳朵貼到屍體的胸口上，然後又用力地按了按屍體的胸腹，說：「他的肺部積很多水，應該是**淹死**的。不過，必須解剖檢查才能下結論。」

「這麼說來，他一定是遇上了**意外**。」老船長說。

「桑代克先生，你剛才說的是左額

還是右額？」猩仔問。

「左額。」桑代克說，「是**刮傷**，並非直擊額頭造成的傷痕，所以不會致命。但是，這個傷口卻有**別的含意**。」

「別的含意？甚麼意思？」老船長問。

桑代克從口袋中掏出一個皮夾子似的小包，從裏面取出一個鑷子和一張白紙，**小心翼翼**地將傷口周圍的頭髮撥開，再從傷口中鉗出了幾片**白色的小碎片**放到紙上。

「猩仔，你來看看，這是甚麼？」桑代克說。

「唔……」猩仔湊過去看了看，沒有太大信心地說，「看來是**貝殼的碎片**。」

「嘿！你的觀察力不錯，憑肉眼就分辨出來了。」桑代克說着，掏出了放大鏡，把它放到碎片前細看。

「怎樣？真的是**貝殼**嗎？」老船長好奇地問。

「看來是**藤壺的碎片**，和一些常見的**龍介蟲棲管的碎片**。」桑代克邊看邊說，「這些生物一般依附在碼頭的木樁上，如果死者是在海中被淹死的，為何他的額頭上會有這種**傷口**呢？」

「**船頭的底部**也常有藤壺呀，或許他在海中漂浮時被船頭撞到了。」老船長說。

「但**龍介蟲的棲管**呢？船頭不可能長着這些東西吧？」桑代克說，「不過，死者已出海了，也沒理由會碰到**碼頭的木樁**。惟一可能的，是他的屍體在海上碰到了**浮標**吧。但大海茫茫，撞到浮標的機會幾乎是**零**啊。」

「那麼，你的意思是？」老船長問。

「我的意思就是——」桑代克一頓，眼底閃過一下寒光，「他其實到達燈塔了，但不知怎的，又撞到**燈塔的樁腳**上，所以才會留下這種**傷口**！」

這邊廂，燈塔上的費爾南正站在圍廊旁邊，**心情忐忑**地看着黑壓壓的大海。他知道，一場巨大的風暴正逐漸逼近，令他感到**心緒不寧**。

「唐格拉爾……」費爾南心想，「那傢伙該已死了，我的擔憂已消除了，為甚麼我仍然感到不安呢？難道……他**陰魂不散**，要來找我報仇？」

想到這裏，他內心閃過一下戰慄，當晚那一幕嚇人的情景霎時重現眼前……

在圍欄旁邊，唐格拉爾**失去平衡**，好像要抓住甚麼似的、拚命地在空中

舞動雙手。可是，一切只是徒勞。他往後一仰，「哇呀」大叫一聲，就直往下面摔去！「乓」的一下響起，他好像在中途碰到了甚麼，然後才「撲通」一聲掉進海中。

唐格拉爾迅即在海面消失了，但不一刻，他又浮上了水面，雙手「啪噠啪噠」地亂舞，拚命地把頭伸出海面，又驚恐地大叫救命。那呼救聲聽來雖然並不響亮，但費爾南也感到膽戰心驚，畢竟在海面載浮載沉的是自己以前的好友。他這時才知道，原來見死不救跟親手了結一個人一樣可怕！

不一刻，唐格拉爾很快就被湍急的水流淹沒了。這時一陣迷霧吹來，罩住了海面。「救我！費爾南！救我！」一聲尖叫破霧傳來之後，再也沒聽到叫聲了。費爾南靜靜地盯着海面，他等呀等，大概等了十來分鐘，迷霧漸漸散去，但那個「好友」早已失去了蹤影。

他呆呆地站在圍廊上，腦袋一片空白。不知道呆站了多久，突然一下汽笛聲傳來，打斷了他的思緒。他赫然一驚，連忙抬頭看去，只見一艘輪船正在遠處的海面駛過。他知道，趕潮退的船隻都會朝這個方向駛來，迷霧可能很快就會完全散去。

這時，他往下一看，不禁大驚失色。

那隻小船！那隻小船還在下面！必須把小船

處理掉！不然當船隻經過時看到了，自己就不

能洗脫嫌疑了！

費爾南能否毀滅證據逃過大難？由唐泰斯化身而成的桑代克如何使出渾身解數，揭穿費爾南行兇的經過，並利用執法機關置仇人於死地？

③ 燈塔

唐格拉爾是怎樣死的?

墮海死的。

他為甚麼會墮海?

我推的。

你為甚麼推他?

因為……

他太肥了，很難舉起拋下海啊。

④ 第一滴血

哎呀!

怎麼了?

血呀!

原來你激動就流血，是真的!

別信作者亂吹。

辣

炸雞太熱氣罷了。

燈塔的故事

七大奇跡之一的「亞歷山大燈塔」是唯一有確實紀錄的古代燈塔。一般估計大燈塔高逾130米以上，以當時的建築技術，可說是超乎想像。此外，同為七大奇跡「羅德島太陽神銅像」亦有燈塔作用。

▲在古代銅幣上刻有大燈塔的圖案。

哈特拉斯角燈塔
Cape Hatteras Lighthouse

哈特拉斯角燈塔是世界第二高的磚製燈塔，遠望被稱為「大西洋墓園」的危險水域。而燈塔本身最終亦敵不過海水侵蝕，而遷址較內陸的地方。

Photo by Henryhartley

牝馬塔
La Jument

因為攝影師拍下了守塔人在暴風中依然死守燈塔的駭人場面，而一舉成名的燈塔。其後電影《燈塔情人》亦在該處取景，重現守塔人迎戰驚濤駭浪的場面。

▶每每面對巨浪衝擊。

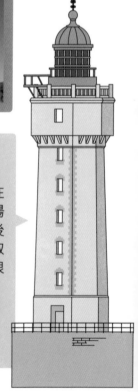

今期《M 博士外傳》以燈塔為舞台，帶來了精彩的故事。而現實中，很多漂亮美麗的燈塔亦有自身的傳奇故事，一起來看看吧。

少女塔
Maiden's Tower

位於土耳其的少女塔背後有一段悲慘故事。相傳，蘇丹國王為了讓公主逃過被毒蛇咬死的預言，而興建少女塔給公主避難。不料毒蛇竟然藏於國王送給公主的果籃中，最終公主難逃一死。

旅行者燈塔
Tourlitis Lighthouse

與孤岩連成一體的奇幻燈塔。雖然第二次世界大戰時曾被德軍摧毀，但一名希臘船主為了紀念他已離世的女兒而將之重建。

Photo by Anjči

聖約翰救世燈塔
The San Juan de Salvamento Lighthouse

別名「世界盡頭的燈塔」。取名自法國著名科幻小説家朱爾·凡爾納的同名小説，故事講述阿根廷海軍如何突破重重困難興建這座燈塔。

▶很多人把火地羣島燈塔（Les Eclaireurs Lighthouse）誤當是「世界盡頭的燈塔」。

Photo by Ricardo Martins

《大偵探福爾摩斯》交通工具圖鑑

你知道……

最早的引擎巴士何時出現？

港鐵車長一天的工作是怎樣的？

有哪些船隻在香港水域內航行？

飛機餐為何不好吃？

以上問題的答案通通都能在這本書裏找到。

本書收錄了香港四種交通工具：巴士、鐵路、船及飛機，在大偵探福爾摩斯帶領下，輕鬆地認識各種交通工具的發展與轉變。此外，還收錄了多個與交通工具相關的俚語及有趣的小知識，知識與趣味並重。

香港巴士的型號與發展史

第一次世界大戰過後，香港也引入巴士了！那時馬巴士已在西方國家悄然沒落，所以一開始出現在香港的就是引擎巴士。

巴士在香港行駛了近100年！

利蘭獅子型單層巴士（Leyland Lion LT1），全長約8.3米，有36個座位。

引擎冷卻欄柵

Thornycroft 的 CD4LW Cygnet 型，引擎冷卻欄柵呈圓形是其主要特色。

香港曾擁有多間巴士公司，除了在1933年取得專營權的九龍巴士和中華巴士外，還有香港大酒店公司、南興巴士公司、香港仔街坊福利會等。

大偵探福爾摩斯 逃獄大追捕

大電影漫畫版

「2019香港兒童國際電影節」開幕電影
「第26屆香港電影評論學會大獎」推薦電影獎
同名電影輯錄漫畫!

上、下
兩冊

　　專門劫富濟貧的「俠盜白旋風」馬奇，是倫敦富貴階層的眼中釘，另一方面卻是平民百姓的英雄。福爾摩斯協助蘇格蘭場警探孖寶將他捉拿歸案，但換來的是市民的冷嘲熱諷，以及「福爾摩輸」之惡名。

　　四年後，馬奇的女兒凱蒂正準備舉行婚禮，同時馬奇與獄中重犯刀疤熊先後越獄，倫敦即將掀起一場前所未有的大風暴……!

定價每冊 $68 ｜ 郵購每冊 $58 ｜ 一套兩冊優惠價 $100

大偵探福爾摩斯
M博士外傳
SHERLOCK HOLMES
③第一滴血

原著／奧斯汀·弗里曼
（本書根據奧斯汀·弗里曼《布羅斯基命案》及《格德勒死亡事件》改編而成。）

改編&監製／厲河　繪畫／陳秉坤

着色／陳沃龍、徐國聲　　封面設計／陳沃龍　　內文設計／麥國龍

編輯／郭天寶、蘇慧怡、黃淑儀

出版
匯識教育有限公司
香港柴灣祥利街9號祥利工業大廈2樓A室

承印
天虹印刷有限公司
香港九龍新蒲崗大有街26-28號3-4樓

發行
同德書報有限公司
九龍官塘大業街34號楊耀松（第五）工業大廈地下
電話：(852)3551 3388　　傳真：(852)3551 3300

第一次印刷發行　　　　　　　　　　　　　　　2020年6月
Text：©Lui Hok Cheung
© 2020 Rightman Publishing Ltd. All rights reserved.
未經本公司授權，不得作任何形式的公開借閱。

翻印必究

ISBN:978-988-79706-3-7
港幣定價 HK$60
台幣定價 NT$270

發現本書缺頁或破損，
請致電25158787與本社聯絡。

網上選購方便快捷　　購滿$100郵費全免
詳情請登網址 www.rightman.net